愛は愛は愛は

目次

つんつん

愛があり大きなキャベツたべつくす

乾杯と未来が好きな男たち

乳房つんつん私に背き恋をする

片頬に朝日集めて鳥になる

愛妻記神話のごとく読み終わり

さみしいと言わせるまでは酌ぎこぼす

風と人のほかに何ある恋やせん

体内にオリオン誕まれたるを秘す

花火の群れの幾人が死を考える

人や憂し鰯はザルに溢れいて

ほろほろとあれは鳩かな泪かな

コトリとも風のない夜は亡母が来る

三毛猫がピーピー泣いて罪ばれる

ころせるかもね　三角定規見ています

なわとびに入っておいで出てお行き

歩き出す芯まで熱のある百足

青い血の金魚と生まれたるは罰

急カーブしてふりおとす母の顔

とつぜんに命の裾を摑まれる

きくきくと玉菜を洗う背かれし

手が好きでやがてすべてが好きになる

恋成れり四時には四時の汽車が出る

沖を指す男の指に従いてゆく

歩いて抜けるこの長い夜もトンネルも

何だ何だと大きな月が昇りくる

つきつめてゆくと愛かなてんと虫

空に雲　この平凡をおそれずに

流れつつ美しい日がまれにある

ああ母乳さなぎのごとく眠りたし

どの子を舐めるこの子を舐める母狐

子離れも男離れも雲の中

トタン屋根雨はこの世の音で降る

わんわんと泉に響く非常ベル

舟虫よお前卑怯でうつくしい

韋駄天や男ごときを振りきるに

脱線の叶わぬ汽車に似て走る

新しい男しばらく鹿の艶

おまえたまたま蜘蛛に生まれて春の中

まだ咲いているのは夾竹桃のバカ

月夜かな盗賊とととと去りて

飛行機の昇る角度は恋に似る
飛行機の降りる角度は愛に似る
君は日の子われは月の子顔上げよ
待つことよパリに凱旋門がある

じんとくる手紙を呉れたろくでなし
くちびるを逃がす椿の咲く山へ
やさしさが擦れちがうとき麻の音
天に召される金魚掬いの要領で

わたくしは遊女よ昼の灯を点し

手に掬い手からこぼして吉井川

天国や星はやさしきものならず

生きるべし一の次には二を書いて

豆科の花はこぼれつづけるいくじなし
さくら咲く一人ころして一人産む
あひるふりかえる一大事のように
釈迦臥床起床わたしの思うまま

星の路地　猫美しくすり抜けて
二人で歩くちょいとそこまで地の果まで
人の世に許されざるは美しき
わたしのためにしたことだけが翠（みどり）

目の前に水晶玉がある逢える

さるすべりつるりつるりとつれごろし

篝火は天に破約のうつくしさ

一生かけて一個のバケツつぶせるか

カカカカと木乃伊に襟を摑まれる
ニセモノですよ私のやさしさも愛も
みんなよくごらんカモメは黒い鳥
見つめ合うぶすりぶすりと音立てて

玉葱のツンと緑のエゴイズム

木の肌は男に似たる死に似たる

あの星へ伸ばす高枝切り鋏

神々がよろこんでいる立見席

男軽し軽し力点ずれてくる

一つだけ言葉惜しめばまた逢える

葉ざくらになってもつづく色ざんげ

大方の虫はしずかに生きて死ぬ

いちめんの椿の中に椿落つ

花よりも花ある一歩二歩たれよ

よき別れ春の畳に大の字に

いつも罪いかなるも罪きりん草

目的はあなたにあった旅をした
首伸ばしきれば北斗の杓の水
犬走れ使いに走れ愛走れ
ももいろの猫抱きこれからがおぼろ

ぽかん

風を見ていると答えた女なり

一色になってしまったなあピエロ

切手の位置に切手を貼って狂えない

放心のどこかで水を使う音

私から狐が落ちてみすぼらし

絹糸の指にくい込む愛ならん

鉛筆よわたしもやがて死ぬでしょう

一束の手紙を焼いて軽くなる

まんじゅさげ女自身の罪ばかり

菜の花菜の花子供でも産もうかな

抱かれたくなる　不意打ちのロック

悪い男と心ひとつに薔薇を見た

キツネ火をちらつかせつつ死へ誘う
淵を這いあがる女は突きおとせ
淵を這いあがる男は見ていよう
死んでいる人の開いていたページ

紙鉄砲いつもおまえに向いている

木靴ぽくぽく　帰るところがなくなった

あきらめの大きな蝶を放つのだ

生きるかなしみにキリンの首がある

完敗のああにわとりは丸裸

薄かるかや死んでゆくのは誰が先

泣かぬ樹は樹である天の雨ざらし

したたかにゴムに弾かれ天国へ

死ねる日が来たので冬のバッタ跳ぶ

完全犯罪のてのひら雨匂う

悪人が昇るぞ　美しい空だ

激昂は去り降りはじむ菊の蕊（しべ）

愛咬やはるかはるかにさくら散る

月よりも明るい駅へ来てしまう

平面図さみしい人の妻になる

すかんぽのぽかんと今があるばかり

菜の花の風はつめたし有夫恋

眼はとうに死んでコップに水がある

一瞬の地獄を見たか飛魚よ

どこまでが夢の白桃ころがりぬ

人形の首まうしろを見てしまう
神の火をもらってからのつまらなさ
膝折って愛に恥などあるものか
永遠に人を待たせる水の音

ぞんぶんに人を泣かしめ粥うまし
抱かれざる妻のうすむらさきの骨
骨ひろい誰かおもしろがっている
われよりも命つめたき花欲す

ラムネ玉一つに心まるうつし

救いの手ぬっと闇夜の白である

水にねて水よりゆるき脈打てり

去る人は去らしめ山茶花の垣根

アハハと死者と生者が入れ替わる

別れたくなかったブランコの微動

ふるさとを憎めばふるさとに祭り

手に持つと葡萄の房も共犯者

戦争だからね　男と女とは

愛そうとしたのよずっとずっとずっと

三月に死ねたらしばらくは春ね

波の花　相思千切ればこれも花

大いなる許し真昼の百合ひらく

人恋のかんのんさまも南向き

梅の雨しばしば穴に人埋めて

夏の赤生き切ったかよ蟹乾く

放たれて男の背中幅を持つ

白い花咲いたよ白い花散った

ふたりはひとりよりもさみしい屋根に草

逢うピンク逢わざるピンクいずれ濃き

雑木林みんなせつない息吐いて
まちがいの野にほろほろと子を立たせ
窓開けてホラあの人も鳥になる
おとといの鎖が垂れている背中

月のかさめぐり逢わねばただの暈

そうですかおらくになられましたのね

ああ天は灰色めくるめく殺意

かくれんぼして花かげの花になる

ありがとう神様あの人が来ます

この世のことはこの世で終るバス走る

あしたなど要らぬ女に星降るよ

海を背にするときかすかなる生気

入っていますす入っていますこの世です
答えはいつも生きていたいという汽車だ
こうやって繋がっていくカアカアと
川の他にふるさと持たず枕経

神様と別れるかしわ手を二つ

天窓を切る手休めて星の菓子

あけぼのや無知たることは美しや

命より少うし長く銅鑼は鳴る

ずきん

平成七年一月十七日　裂ける

その刹那バラわっと咲くわっと散る

天焦げる天は罪なき人好む

死者はただ黙す無力な月は照る

これも怒り　整然とある魚の骨

人逝きぬ　芽吹きはげしき日を選び

土に手をつくときふるさとは憎し

神に答えんと一本の棒になる

雪こんこ人妻という手にこんこ

ほんとうに刺すからそこに立たないで

かなしみは遠く遠くに桃をむく

黒いりんごの黒い覚悟を抱かれけり

雨の日のダイヤル通じそうで切る

嘘のかたまりの私が眠ります

盗み読みされた手紙の血しぶきよ

人一人消して深まる沼みどり

暁のマリアを同罪に堕とす
こちらあなたの夫と死ぬる女です
花の芯思いつめたるものの芯
円周を歩く悪魔の指示通り

凶暴な愛が欲しいの煙突よ

靴音が近づき胸を踏んで過ぎ

ああ恋は果つ一粒のアーモンド

よく笑う妻に戻って以来　冬

劣等感一途に烏賊のわたを抜く

感情列車暴走無人駅無策

死顔の美しさなど何としょう

花びらの冷たさと居て人を断つ

寒菊の忍耐という汚ならし

一人殺せと神の許しがあれば君

無花果の乳ねばねばと母憎し

私には私の道のまっくらがり

伝染(うつ)ってもいいかと愛は愛は愛は
なまごろしのわたくしが生きて万歳
明日逢える人の如くに別れたし
銃口の前刻々に透きとおり

一人の死　カナリヤの黄は滴りぬ

すべて正常ピエロは唇を耳まで裂き

別れねばならない人と象を見る

憤り空の空色ぜんぶ消す

投げられた茶碗を拾う私を拾う

母だから泣かない母だから泣く日

蛇の皮たけのこの皮わたしの死

こぼれ刃の柄（つか）まで通し　女とは

斬っても斬っても女のくらがり

母を恨めば赤い雪ふる生年月日

やさしさの限りの岸で人を断つ

どっと汗　神を怖れぬ鍵が合う

かの子には一平が居たながい雨

行末を激しく問いぬキリギリス

河口月光十七歳は死に易し

桃一個一刀ありてわが乳房

一生に一度のいいえですあなた
わが胸で伐採音の絶え間なし
間違いは間違いとおせ桐の花
ころすかもしれぬ愛へとさしかかり

骨肉のがんじがらめよ鎌の月

親は要りませぬ橋から唾を吐く

まして女の中を流れた十年よ

花こぶし母を叱るは順送り

命がけのじゃんけんぽんもありぬべし
杏咲き自愛きわまるわがメンス
梨の芯かなしいせっくすがおわる
舌端を朝日に向けて恥多し

どうぞあなたも孤独であってほしい雨

人生も終わりに近き五寸釘

はぐれるとズキンと乳房だけになる

合掌の形で蛍つぶしけり

川岸を生まれ在所として恥じず

月の夜の大きな傷を抱き戻る

神様に召される自転車に乗って

母から母へ母から母へ軋む音

私の葬は三三七拍子

見比べてわたしのぜんぶ可燃物

ちがうちがうちがう涙の異床異夢

一言で終わる一言発しけり

たった今脱獄の眼の清々し

私私私ドア蹴るなだれ込む

一人でないと一人に勝てぬ仁王立ち

いっぴきの男葬る目に力

別れ来て一気に熟柿吸いつくす

この闇に一個の肉の安んずるなし

らくだ頽（くずお）れる夕日のシルエット

人の死ぬ星のとろんとした夜かな

瞳澄む　カラスは黒の正しさで
暁のハサミ鳴らして男狩り
ゆるされることは極刑炎天下
てのひらのトンボ葬送曲空へ

ずきん

塔を仰ぐ無ではないかも知れないない死

渾身は美し　夏みかんに爪

鮮やかなどんでんがある　まもなくよ

断念の海の一点から朝日

ゆらり

雪の夜の惨劇となるベルを押す

終りよと女が言ったから激し

妻をころしてゆらりゆらりと訪ね来よ

雨の靴しぼって猫よりも哀し

疑いの黒き魚をみごもりぬ

おるがんのどこ押さえても風の音

こんないい月夜を救急車が走る

つらなってわたしを去ってゆく電車

瞳孔をひらいて嘘を見ています
瞳孔をしぼって嘘を見ています
百合みだら五つひらいてみなみだら
マッチの火そこから無限大の火へ

ひとつの詩みずうみが眸（め）に満ちてくる

赤い芽が一夜に伸びてひとごろし

母の指妻の指わたしの指がみつからぬ

月光へ泳がせた手に何もなし

足裏に火を踏む恋のまっしぐら

雪の河　このとき夫も子もあらず

抱擁に霊肉という時差ありて

花びらを嚙んでとてつもなく遠い

母を捨てに石ころ道の乳母車

五月闇生みたい人の子を生まず

沈むまで見ている花の首ひとつ

くらやみのドア押してまたくらやみへ

風の駅まもなく電車が入ります

それも百体　人形が目をひらく

れんげ菜の花この世の旅もあと少し

わたしはイヤな女で口紅を引くよ

八重桜まぶた重たき共暮らし
十人の男を吞んで九人吐く
蝶の道まちがいきって美しや
なかぞらにわが恋放りあげて泣く

墓の下の男の下に眠りたや

シャワー室　肉の落ちゆく音といる

たてむすびああこの人を捨てられぬ

いうことをきかぬ私の船が出る

れんげ田を千枚越えて逃げられぬ

面罵してしのつく雨の停留所

たわむれの鋏が垂直に落ちた

死ねばこの風に逢えなくなる九月

長い塀だな長い女の一生だな

累々と越えた男の一人と死ぬ

ああ肉よモネの睡蓮天に咲く

ふたたびの男女となりぬ春の泥

雪中の一軒焼いて遊ぼうよ
結んでひらいて手を打って死んだ
もしかして椿は男かも知れぬ
愛憎のこころころころころ川のふち

恋深む　杏は旨き実にあらず

地球儀のこころあたりが鬱の海

明星や不意に狂うて墜ちにけり

悠久をふと見てしまう釜の飯

不意に愛　男のような眉になる

曼珠沙華視野いっぱいの悔いである

死に体（たい）を抱かれていたり桜いろ

月光の明るさ暗さ愛もまた

満月光やがて月光　死は軽し

屈辱の椀だ　猫なら蹴る椀だ

堕落論冬の枕に虫の声

ころすため薔薇敷きつめる敷きつめる

わが影に押し出されたる自動ドア

曇天に組み上げていく十字形

いつの日か死ねるふとんのひとかさね

こぶしにしても女のまるいこぶしかな

母の日のうすぎぬ脱いでちょっと死ぬ

シャーマンであることひたかくす窓辺

ぼんぎりぼんぎり仏の味のするお水

ふと見ればあの世の厨めしを炊く

冥界の手前の駅で放たるる

戻りませ雨のやさしきこの国へ

春や春　男愛して明たらず

うす氷張ってブリキの金魚浮く

落花狼藉すべての恋は終わります

すっと血が引いて海鳴りする体

秋風もスパイも通す奥座敷

忘恩の水が流れる膝がしら

すぐ海に出る街人は死に易き
わたくしを眺めて過ぎた桜の季
あとすこしなれば許されずに歩く
終わりなきとんねる赤の線走る

死のような快楽覚えし洗い髪

わたし薄情　だろうかだろう　春嵐

菜の花に子を放つ日の海光る

こんないのちでよろしいならば風呂敷に

双乳（もろち）いま夕日に吸わせ衿合わす

ぎんなんをこぶしで割ればそれも愛

稀にある美しい日が今日だった

罌粟咲かせどんな事にも驚かぬ

フランス文学者・桑原武夫の「第二芸術論」で俳句・短歌は質の低い「第二芸術」と称された。これには坂口安吾が「第二芸術とは何のことやら、一向に見当がつかない。」「一流の作品とか二流の芸術品とかいふ出来栄え上のことなら分るが」とし「むろん俳句も短歌も芸術だ。きまってるぢやないか。」と一矢報いた（筑摩書房『坂口安吾全集05』・1998年）。短詩型文芸であるはずの川柳はここに連なること叶わなかった。

川柳を芸術の域にまで押し上げた一人が時実新子である。1976年秋、たいまつ社を営む編集者・大野進（のちの新子の夫）が自社で刊行した『雪と炎のうた――田中五呂八と鶴彬』の筆者・坂本幸四郎氏の自宅で運命のように手にしたのが時実新子初の句集、『新子』（1963年）であった。大野は自身が編んだ『花の結び目――新子の表現十二章』（たいまつ社・1981年）の「『花の結び目』に寄せる――解説にかえて」で「とにかく私は新子句の世界に100パーセント、文学を直感した。これが川柳であるなら、川柳は文学であると言える、そのように受けとめた。」と評した。

大野は新子を世に出すべく1978年、自社より『現代川柳選1　月の子＝新子自選集』を刊行するも、たいまつ社は1982年に倒産。あらたに木木（もくもく）社という社名をつくり、発行人・曽我碌郎（のちに六郎と表記変更）として『時実新子一萬句集』を編む。ここからの抜粋句で朝日新聞社より刊行された『有夫恋』（1987年）は異例のベストセラーに。マスコミの反響も大きく、1988年に

「アサヒグラフ」ではじまった川柳作品の公募を伴う川柳エッセイ「川柳新子座」には実に多くの投句が集まった。また、新子はエッセイの名手でもあったことから、他の誌・紙でも筆を揮うこととなった。

その後、インターネットの普及とともに紙の活字媒体は厳しい状況におかれ始める。「アサヒグラフ」は２０００年に終刊。「週刊朝日」に場を移した「新子座」も２００４年12月で幕を閉じた。２００７年３月、新子は世を去った。現在、文芸としての川柳は、中央の出版界においてなきものに等しい。生前に上梓された新子の句集も、古書を除いて入手できるのは、kindle版『有夫恋』のみ。御代がわりの今年は新子生誕90年の年。文学といわれた新子の川柳を活字で再び世に送り出せないか。文芸として世に問えないか。

そこへお力を貸してくださったのが左右社の小柳学社長であった。小柳社長は奇しくも「アサヒグラフ」時代の新子の担当編集者と机を並べていた。「新子座」に送られてきた投句葉書を風呂敷に包んで新子の元に運ぶ担当者を向かいのデスクから目の当たりにしていたという。短詩女子にしてデキる情念女子・編集担当の筒井菜央さん。熱くスタイリッシュな装幀で新子句を今に繋いでくださったデザイナーの松田行正さん、杉本聖士さん。みなさんに感謝申し上げる。

新子は「句は鑑賞する読者のものだ」とした。厳選新子川柳。どうぞご堪能ください。

令和元年五月　神戸ポートアイランドにて
「現代川柳」編集部　茉莉亜まり

時実新子　ときざね・しんこ

1929年岡山県生まれ。川柳作家。17歳で結婚。25歳で神戸新聞川柳壇に初投句、48歳で同川柳壇選者。著書に句集『新子』『有夫恋』『愛走れ』など。『川柳新子座』シリーズ。エッセイ集『愛ゆらり』『死ぬまで女』『悪女の玉手箱』など。87年編集者・大野進と再婚。96年2月「川柳大学」創刊。2007年没。

「現代川柳」編集部

曽我六郎（大野進）が2008年5月川柳専門誌「現代川柳」創刊。2011年大野没。現編集長：渡辺美輪。編集部員：中野文擴・夕 凪子・前田邦子・門前喜康・茉莉亜まり。

愛は愛は愛は

二〇一九年六月三〇日　第一刷発行
二〇二一年五月二〇日　第二刷発行

著者　時実新子
編者　「現代川柳」編集部
発行者　小柳学
発行所　株式会社左右社
一五一-〇〇五一
東京都渋谷区千駄ヶ谷三-五五-一二ヴィラパルテノンB1
TEL. 〇三-五七八六-六〇三〇　FAX. 〇三-五七八六-六〇三二
http://www.sayusha.com
装幀　松田行正＋杉本聖士
印刷所　創栄図書印刷株式会社

 ISBN978-4-86528-237-5